한국 희곡 명작선 160

생과부 위자료 청구소송

한국 희곡 명작선 160

생과부 위자료 청구소송

엄인희

평민사

부인 희

생과부 위자료 청구소송

등장인물

유경자
명 변호사
오 판사

시작

극 중 장소는 민사소송을 담당하는 재판정이다. 재판정의 책상은 앞이 터 있는 것이라 다리 움직임 등을 볼 수 있게 디자인한다.

극 중 계절은 여름이다. 무지무지하게 더운 여름날이다.

객석은 재판정을 보러 나온 방청석으로 여긴다.

방청석에는 이 사건에 흥미를 갖고 있는 여론, 여성단체, 대기업 노무과나 홍보과에서 나와 있다.

명 변호사는 피고석에 앉아있다.

유경자는 원고석에 앉아있다.

(소리) 일동 기립!

두 사람, 일어선다.

오 판사가 들어온다.

오 판사가 앉으면 두 사람도 앉는다.

오판사 지금부터 원고 유경자가 일조만 그룹 총회장 강영수한테 청구한, 남편과 성생활을 하지 못한 것에 대한 위자료 청구소송 제3차 공판을 시작하겠습니다. (망치로 세 번 때린 후) 원고 유경자는 1996년 6월부터 현재까지 남편 추형도 씨와 성생활을 하지 못했다고 소송을 냈습니다. (유경자한테)

맞지요?

유경자   예.

오판사   남편 회사 총회장을 원인제공자로 지목해서 지난 2차 공
판까지 밀고 당기는 설전을 해왔습니다. 오늘은 피고측
대리인이 원고를 증인 신청했지요?

명변호사   예, 그렇습니다.

오판사   이를 원고가 받아들였기 때문에 오늘 공판은 증인 신문을
하겠습니다. 원고는 증인석으로 나와 주시지요.

유경자, 앞으로 나온다.

오판사   증인선서를 해주십시오. 서기!

오판사가 서기를 부르면 유경자는 마임으로 증인 선서를 한다.

오판사   증인 앉으세요. 피고측 대리인은 신문하시기 바랍니다.

명 변호사 일어난다.

명 변호사는 재판 중에, 준비한 질문서를 훑어보며 질문을 펼친다.

명변호사   증인은 1958년 7월 29일에 태어나셨죠?

유경자   네.

명변호사   대학은 유명여자대학교 가정관리학과를 나오시구요.

유경자　네.

명변호사　현재 일조만 그룹의 일조만 종합상사 아시아 담당부장인 추형도 씨의 부인이시죠?

유경자　네.

명변호사　추형도 씨와 결혼한 것은 대학 졸업하고 3년째 되는 해이지요?

유경자　네.

명변호사　연애결혼을 하셨지요?

유경자　네.

명변호사　연애시절에 성관계를 가졌나요?

유경자　그건 왜 물으세요?

명변호사　했습니까, 하지 않았습니까?

유경자　답변을 드릴 수 없습니다.

명변호사　아니, 성생활이 육 개월 이상 끊겼다고 위자료 달라는 여자가 성에 관한 얘기를 안 하고 어떻게 결론을 내겠습니까? 했죠?

유경자　어쨌든 결혼했잖아요.

명변호사　재판장님! 좀 더 정확한 답변을 이끌어주세요

오판사　증인! 했으면 예스, 아니면 노. 똑 떨어지게 대답을 해주세요.

유경자　(기가 죽으며) 예스.

명변호사　처음 성관계를 맺을 때 누가 먼저 하자고 그랬습니까?

유경자　글쎄요. 기억이 안 나네요.

명변호사 (녹음테이프를 흔들며) 여기 증인의 대학 친구들의 증언이 있습니다. (판사한테 주면서) 친구 정은혜 씨는 증인이 먼저 요구했다고 그러더군요. 증인이 첫날밤을 치렀던 설악산에 다녀와서 카페에 앉아서 해주었다고 하더군요. 여대생들은 그런 짓을 서로 자랑하고 그러나 보죠?

유경자 자랑이 아니라 무서우니까 그랬죠. 혼자 감당하기 힘든 일이잖아요. 처녀가 아니란 사실이요.

명변호사 그런데… 증인이 먼저 하자고 그랬다죠?

유경자 남편이요 군대 가면서 고민을 하니까요. 믿어달라는 뜻에서….

명변호사 왜 고민을 하죠?

유경자 고무신 거꾸로 신을까 봐요.

명변호사 그러니까 증인이 고무신을 거꾸로 신을 가능성이 있다는 얘긴가요?

유경자 여자들이 다 그렇다면서 불안해 하니까, 탈영이라도 하면 국가적인 낭비, 국력 소모가 아니겠어요? 이 한몸 바쳐서 안심하고 군대생활도 하게 하고 둘만의 특별한 사이가 되고 싶기도 하구요.

명변호사 증인이 먼저 성관계를 요구하자 처음엔 남편이 거절했다면서요?

유경자 결혼 첫날밤을 진짜 첫날밤으로 지켜주고 싶다고 해서요. 저야 좋죠. 그러면… 하지만….

명변호사 하지만 뭐예요? 몸이 뜨거웠다는 얘기 아닙니까?

유경자　아녜요. 사랑이 뜨거웠다는 얘기예요.

명변호사　설악산에 가서 콘도에 들었죠?

유경자　네.

명변호사　대학생들이 무슨 돈이 있어서 그런 곳에 들어갔죠?

유경자　그건… 친구가….

명변호사　여자 친구들이 함께 가기로 한 것을 뺏어서 둘만의 여행을 떠난 것 아닙니까?

유경자　빼앗았다구요?

명변호사　첫날 샤워를 하고 나오니까 추형도 씨가 술을 마시다 잠이 들어서 별일 없었지요?

유경자　그게 아니라… 제가요 너무 쑥스러워서 때 타월로 한두어 시간 밀고 나와 보니까 술 마시고 기다리다 지쳐서 코를 골고 자더라구요.

명변호사　짧게 대답하세요. 네, 아니오로… 다음날 추형도 씨는 텔레비전을 보고 있는데 증인이 먼저 옷을 벗었죠?

유경자　네.

명변호사　다시 말해서 대학 3학년 가을 둘 다 처음 하는 성관계에서 여자는 먼저 홀라당 벗고 남자는 옷을 입고 있었지요?

유경자　네. 하지만 누군가 용기를 내야했어요.

명변호사　남편은 대학 졸업 후 대기업인 일조만 그룹에 입사했지요?

유경자　네.

명변호사　두 분은 연애할 때 평균 일주일에 한번, 신혼 때는 평균 하루에도 수차례 하셨지요?

유경자   뭘 해요? 고스톱?

명변호사 아니요. 섹스.

유경자   우리 변호사한테는 그런 질문 안하겠다고 했잖아요. 재판
        장님! 점잖은 재판정에서 존엄하신 재판장님을 모시고 이
        런 소리 듣고 싶지 않으시죠?

오판사   물론입니다. 하지만 섹스 위자료에 관한 판결을 내려야
        하니까 꼭 들어야하겠죠?

명변호사 증인은 성실하게 답변하시면 됩니다. 증인의 소장에는 남
        편이 섹스를 뜸하게 하기 시작한 것은 대리로 승진하고부
        터라는데 사실입니까?

유경자   소장에는 그렇게 썼는데요. 나중에 생각해보니까 결혼하
        고 1년 6개월이 끝이었더라구요. 첫 애 난 다음부터는 언
        제 했는지 생각도 안 나더라니까….

명변호사 대리 시절에는 얼마에 한번은 했습니까?

유경자   일주일에 두 번이요.

명변호사 남편이 서른서너 살 때에 일이지요?

유경자   네.

명변호사 일주일에 두 번이 이상하다는 거죠? 너무 적다?

유경자   그럼 많다는 거예요?

명변호사 재판장님! 킨제이 보고서에는 그만한 연령의 남자들은 그
        만큼 하는 것이 정상이라고 했습니다. 증인은 왜 두 번이
        적다는 거죠?

유경자   어쨌든 세 번보다 적게 하는 거 아녜요?

명변호사 그때 증인은 남편한테 신경질과 짜증으로 일관했다는데요?

유경자 고만 고만한 애들 둘하고 하루 종일 싸워봐요.

명변호사 애들 때문에 힘들어서 짜증을 냈다? 그렇다면 안 할수록 룰루랄라 해야지요. 왜 일주일에 두 번 하는 것도 하는 거냐면서, 뭐하러 달고 다니냐고 했다죠?

유경자 (도발적으로) 내가 일주일에 열 번은 해야 만족하는 여자라면….

오판사, 콧구멍을 후비고 있다가 뒤로 넘어간다.

유경자 미쳤다고 생각하세요?

명변호사 미친 게 아니라 잘못 태어난 거죠?

유경자 (혼잣말) 어이구 재수야. 꼴에 명변호사라구?

명변호사 (점잖게) 아, 제가 명변호사인 까닭은 성이 명 씨라 그런 것이지 별다른 사리사욕이 없다는 점을 밝혀드립니다.

오판사 (망치를 두드리며) 증인은 군소리 집어넣지 마세요.

명변호사 증인은 일주일에 평균 얼마나 해야 만족하십니까?

유경자 평균 좋아하지 마세요. 하루에도 열 번 하고 싶을 때가 있구요. 일 년 열두 달 하기 싫은 때도 있어요. 내 몸이 얼마나 할 수 있다는 건 중요하지 않아요. 이렇게 변화가 심한 마음을 알아달라는 거죠.

명변호사 증인! 남편이 과장이 되니까 어떻던가요? 횟수가 늘던

가요?

유경자　아니요. 줄었어요.

명변호사　남편이 과장일 때 수영장에 다닌 적이 있죠?

유경자　네.

명변호사　당시 수영 코치가 20대 젊은 남자였지요?

유경자　네.

명변호사　그 코치는 여러 사모님들의 은근한 유혹을 매정하게 뿌리친다고 소문이 자자한 사람이었지요?

유경자　네.

명변호사　그 코치가 나오면 아주머니들이 신음 소릴 냈다죠?

유경자　네.

명변호사　그런데 어느 날. 정확히 말해서 90년 2월 17일 수업에 들어간 적이 있지요?

유경자　그 무렵… 네.

명변호사　그날 발가벗고 수영장 안으로 들어가셨지요?

유경자　네? (생각하다 몸 위아래를 두 손으로 가리며) 네.

명변호사　왜 발가벗고 수영장 안으로 들어가셨지요?

유경자　(당황해서) 건망증 때문에요. 그 수영장은 샤워실을 지나 문이 있거든요 샤워한 다음 돌아와 수영복을 입고 나가야 하는데 그만… 입고 있다고 착각하고 그냥 나간 거예요.

오판사　(낄낄대며) 심하다.

명변호사　수영장에 들어와 한참 걸어 다녔다면서요?

유경자　수영복을 입었다고 생각했으니까 그렇죠.

명변호사 수영복을 입은 것과 발가벗은 것과 느낌이 다르지 않습니까?

유경자 사람이 다른 생각에 빠지다 보면 그런 실수도 할 수 있는 것 아니겠어요?

명변호사 무슨 생각이요? 남편이 왜 요즘 정력이 그 모양인가… 그런 생각?

유경자 네. 아니요.

명변호사 90년 여름휴가 때 지리산 뱀사골에 가신 적이 있죠?

유경자 네.

명변호사 거기서 증인은 뱀을 잡았다구요?

유경자 (생각하다가) 그건 우연이에요.

명변호사 뱀이 백사였다면서요?

유경자 네.

명변호사 어떻게 잡았죠? 여자의 몸으로?

유경자 커피를 마시려고 물을 끓였어요. 난 물을 팔팔 끓여서 타 먹거든요. 뭔가 희끗한 것이 다가오길래 팔을 내젓다 보니까 뜨거운 물이 뱀 위로 쏟아지더라구요.

명변호사 뜨거운 물이 쏟아졌다. 그래서요?

유경자 뱀껍질이 확 쪼그라지면서 홀라당 벗겨지더라구요.

명변호사 그 백사를 남편한테 먹였죠?

유경자 네.

명변호사 남편은 싫다고 했다면서요?

유경자 남자들도 처음엔 빼잖아요. 속으론 좋으면서.

명변호사 술 담가먹겠다는 의견을 무시하고 그 자리에서 구워주었죠?

유경자 술은요? 반숙이 된 걸 어떻게요?

명변호사 반숙은 무슨… 여기서 구워먹고 여기서 효험을 보자고 했다면서요?

유경자 언제요?

명변호사 (서류를 판사한테 주며) 여기 남편의 증언이 있습니다.

유경자 그건 우린 남편이 회사 꼬임에 넘어갔을 때 한 말이잖아요.

명변호사 그래서 효험이 과연 있습디까?

유경자, 생각중이다.

오판사 증인! 정말 효험을 봤냐고 물었잖아요?

유경자 궁금하세요?

두 남자 물론.

유경자 아니요.

두 남자, 실망한다.

에어컨 나가는 소리가 난다.

사람들 주변을 둘러본다.

명변호사 남편은 날이 갈수록 뜸하게 잠자리를 원했죠?

유경자 뜸하게? 기념일에만 했어요.

명변호사 어느 어느 기념일인가요?

유경자 부부 사이에 무슨 다른 기념일이 있나요? 결혼기념일이죠.

명변호사 일 년에 딱 한번?

유경자 아니요.

명변호사 그러면?

유경자 내 생일을 까먹거나 선물 준비를 못했을 때 했습니다.

명변호사 그러면 한 7년은 거의 안 한 거네요?

유경자 네.

명변호사 그런데 왜 이제야 소송을 거셨죠?

유경자 나한테는 일 년에 한두 번이지만 남편한테는 한 달에 서너 번은 한 거거든요.

명변호사 무슨 말인지 설명해주시겠습니까?

유경자 우리 남편은 일방적인 사람이에요. 어떤 때는 새벽에 누가 옷을 벗기는 것 같아, 추워서 눈을 뜨면 남편이 그러거든요. 난 그냥 벌리고 누워있는 건 안 쳐요.

명변호사 무엇으로 안 친단 말입니까?

유경자 섹스로. 재판장님하고 변호사님도 그렇게 합니까? 일종의 강간을?

두 남자 (펄쩍 뛰며) 아니요!

명변호사 증인이 소송을 걸기 8개월 전부터 남편은 집에 들어오지 못했죠?

유경자 네.

명변호사 무슨 연애를 한다거나, 바람이 나서 그런 건 아니죠?

유경자 무슨 수로 바람을 피우겠어요? 변호사님은 하겠어요? 재판장님은 피우겠어요? 물건이 내키지 않는다는데. 의심 안해요.

오판사 증인. 신성한 재판정에 어울리지 않는 표현은 삼가주세요.

유경자 왜요? 무슨 말을요?

명변호사 재판장님하고 물건하고 연관되도록 말하지 마시라는 겁니다.

유경자 누가 자기 게 안 선다고 했대요?

오판사 (화를 내며) 당신이 그걸 어떻게 안단 말예요?

명변호사 증인! 냉정하세요. 재판장님이 열 받으면 누구한테 이롭겠습니까? 다음 질문하겠습니다. 남편은 왜 집에 들어오지 않았죠?

유경자 그거야 회사에 명예퇴직 바람이 불어서 그랬죠. 감원대상이 안 되려고 노력하느라구요. 남편은 자기 집안일처럼 열심히 회사 일을 했어요. 어떤 때는 회사가 자기 것인 양 착각하기도 했어요. 회사에 걱정이 생기면 잠도 못 자고 고민했지요. 그렇죠, 여보? 월급쟁이란 생각을 못 하더라구요. 오로지 회사, 죽어도 내 회사. 하지만 그이는 외로워졌어요. 어느새 입사 동기들은 하나둘 곁을 떠나고. 그이는 총회장님이 뱅글뱅글 돌려 먹다 남긴 빵조각처럼 외톨이가 됐죠. 남편은 더 올라가지 못하면 떠나는 길밖에 없다는 걸 알았어요. 일류대 출신도 아니고, 특별히 지역 연고나 학연도 없고, 능력도 완벽하게 탁월할 리도 없고, 성질은 있어가지고 줄도 잘 못 서고… 그래서 남편은 이번 프로젝트에 사생결단을 하게 됐어요.

명변호사 회사에서 밀려날 수가 없어서 집을 나와 근처 여관에서 다녔다?

유경자 아네요. 여사원 휴게실에다 침낭을 가져다 놓고 일을 했어요.

명변호사 왜 하필 그날 밤이죠?

유경자 어느 날을 말씀하셨나요? 명변호사답게 날짜를 정확히 대 주셨으면 합니다.

명변호사 날짜를 댈 필요가 있을까요? 증인이 남편을 위해 벌인 나이트 이벤트 쇼를 한 날 밤을 말하는 겁니다.

유경자 난 쇼는 안 해요 내가 뭐 쇼걸인 줄 아세요?

명변호사 그러게 말예요. 쇼걸도 아닌 분이 쇼를 했으니 남편이 마치 환장한 개처럼 달려들었다고 증언을 하지요. (판사한테 서류를 주며) 재판장님 거기 빨간펜으로 밑줄 친 부분을 숙독하시기 바랍니다.

오판사 (읽는다) 며칠 굶다가 소갈비구이를 보고 환장해서 달려드는 똥개처럼 달려들어 혼비백산하여 도망가기 바빴습니다.

유경자 억울합니다. 재판장님! 제가 아무리 58년 개띠라 해도 환장하지는 않거든요. 그냥 부부 사이에 서로 즐겁자고 한 번 추었습니다.

명변호사 뭘요?

유경자 춤요.

명변호사 어떻게?

유경자 입으로는 설명하기 어렵죠.

명변호사 직접 보여주실 수는 있지요?

유경자 나한테 이로운지 어떤지 몰라서 망설여지네요.

유경자, 오 판사를 본다.

오 판사, 싱글싱글 웃는다.

명변호사 재판장님 정확한 판결을 위해 그날 밤 했던 그대로 여기
서 재연해 보길 요청합니다.

오판사 허락합니다.

유경자 내 춤을 보고 일어난 사태는 책임지지 않겠습니다.

명변호사 무슨 사태가 일어난단 말입니까?

유경자 두 남자분의 신체 중, 중요한 부분이 커지거나 작아지는
사태요.

명변호사 (말을 무시하며) 서기, 음악 틀지.

음악이 흘러나온다. 너무 야하지 않은 스트립 쇼하기 좋은 곡이다.

유경자 폼을 잡고 춤을 춘다.

나름대로 유혹을 주제로 삼아 춤을 춘다.

보는 사람에 따라 섹시하다고 느낄 수도 있으나, 평균적으로는 호

박이 굴러간다는 느낌을 준다.

하여튼 아내가 남편의 성욕을 이끌어내기 위해 추는 사랑이 담긴
춤이란 것이 전달된다.

유경자 춤을 다 추고, 호기 있게 두 남자를 번갈아 본다.

두 남자 시큰둥해 한다.

유경자, 증인석으로 천천히 돌아가 앉는다.

세 사람, 무지무지하게 더워 헉헉댄다.

유경자는 앉아서 치마를 부채로 부친다.

오 판사는 양말을 벗는다.

유경자   왜요? 말씀을 안 하시죠? 뻣뻣해지셨나요?

명변호사   허허허. 유구무언입니다.

유경자   몸은 왜 꼬고 계시죠?

명변호사   내가요? 아닙니다. 보세요.

명변호사, 밖으로 나와서 비비꼬며 걸어다니다 미끄러져 증인석에
코를 박는다.

고개를 들자 명 변호사 입술이 유경자 입술에 닿을 뻔하다.

명 변호사, 당황해서 얼른 자기 자리로 돌아온다.

오판사   명 변호사, 질문 계속하세요.

명변호사   (화끈거리는 얼굴을 종이로 부쳐가며) 증인은 개도 하품을 하는

춤을 추고 난 뒤 올라탔지요?

유경자 뭘 타요?

명변호사 남편 몸에 올라타지 않았습니까?

유경자 남편이 깔린 거지 내가 무슨 올라탄 거예요?

명변호사 깔린 남편 위에서 무얼 했나요?

유경자 팬티 속으로 손을 넣었어요.

명변호사 그런 다음에?

유경자 그 속에 있는 걸 만졌어요.

명변호사 그 속에 뭐가 있던가요?

유경자 그건 변호사님 팬티 속에 손만 넣어보면 압니다.

오판사 명 변호사, 정말 몰라서 물어요? 넣어봐!

명변호사 그래서 어떻게 됐습니까?

유경자 안도의 한숨을 쉬었지요.

명변호사 왜요?

유경자 살아있구나… 고개를 쳐드는구나….

명변호사 그런데 왜 남편은 부인을 멀리했을까요? 남편은 가끔 성욕이 멀찌감치 달아나는 걸 느끼고 살았다고 하는데, 인정하십니까?

유경자 그걸 왜 인정합니까?

명변호사 증인은 남편을 향해 드러 누우면 젖가슴보다 아랫배가 더 튀어나온다고 하던데 사실입니까? 증인은 아기를 낳은 다음부터 뱃가죽이 멍게 껍질처럼 우들거린다는데 사실입니까?

유경자　(시치미를 떼며) 여기서 벗어볼까요?

명변호사　잠자리에서 무드 잡다가 아주 고약한 냄새가 나는 트림을 하셨다는데 사실입니까?

유경자　저는 방구 안 꼈나?

명변호사　하여튼 남편은 성충동이 일어나지 않는다고 하는데, 인정하십니까?

유경자　그게 무슨 상관이에요. 나한테 성욕이 있는데. 이것 보세요. 나는요. 내 성욕 때문에 소송을 건 거지 남편이 성욕이 있다 없다를 가려달라고 소송을 건 게 아니라구요.

명변호사　증인은 여자도 성욕이 있다고 말씀하시는군요.

유경자　그럼 없어요?

명변호사　(기가 차서, 분을 억누르며) 과학자들은 많은 수의 여자들이 성욕을 모르고 있다, 느끼지 못한다고 발표했습니다. 성욕이 '있다', '없다'가 초점이 아니고 '모른다'를 관심있게 봐주십시오, 재판장님.

유경자　모르긴요? 모르는 척하는 거예요. 우리가 뭐 곤충인 줄 아세요? 우리도 지적인 동물입니다. 여자라서 본능을 느낄 수가 없다는 말씀이세요? 억지 부리지 마세요.

명변호사　(자기 책상을 쾅 치며) 아직도 사회는 여성의 순결을 중요한 덕목으로 여기고 있습니다. 왤까요? 아이를 낳아야 합니다. 씨가 분명한, 누구 아들인지 분명한 아이를 낳아야 한다 이 말입니다. 여러분! 자궁의 주인은 누구입니까? 물론 그 여자의 남편! 합법적으로 호주의 것입니다. 아이들이 누구 성을 물려받습니까? 명 씨는 명 씨, 김 씨는 김 씨! 이렇게 아이를 생산할 몸이니까 여성의 몸이 위대한 것이지, 성욕이 꿈틀거린다니요? 이런 모욕이 어디 있습니까? 오죽하면 이런 명언이 나왔겠어요. '여성은 약하다. 그러나 어머니는 강하다.'

유경자 그래서 변호사님 어머니는 강간을 당해서 당신을 낳았나요? 성욕이 없다뇨? 그럼 모든 여성은 강간당해서 아이를 낳아야 신성한 것이란 말씀이세요? 재판장님도 어머니가 그렇게 해서 낳으셨나요? 사랑도 없이 욕망도 없이 누워서 별만 쳐다보다가요?

오판사 (우물쭈물) 우리 엄마가 성욕이 있는 것도 싫고 없는 것도 싫으네… 이보세요! 우리 어머니는 칠십이 넘었어요. 할머니에요.

유경자 할머니도 동물이에요. 여성이구요. 성욕도 있어요.

명변호사 (완전히 돌아서) 와, 엄마! 엄마! 남편 앞에서 맨발도 안 보이신 우리 엄마를… 저 섹스 귀신이 든 여자가 함부로, 평생을 아침마다 한복 데려입고 사신 우리 엄마를… 저 마녀가….

오판사 (망치를 두드리며) 명 변호사! 질문만 하세요.

명변호사 (흥분을 가라앉히려고 물을 마신다) 남자들은 노골적인 여자들을 싫어한다는 통설을 아십니까?

유경자 여자들도 노골적인 남자를 싫어합니다.

명변호사 남편은 밤을 무서워했다고 말했습니다. 아십니까?

유경자 남편이 밤이 무서운 건 낮 또한 무섭기 때문입니다. 낮에 할 일이 많고, 부담스러우니까 밤일이 멀어지는 거죠. 돈을 벌어야 먹고 사니까 낮일은 포기할 수 없잖아요. 사실 사오십 대 남자치고 밤이 무섭지 않은 사람이 어디 있겠어요. 마누라가 너무 밝혀서 무서운 게 아니죠. 그만큼 회사가 쥐어짠다는 얘기죠. 자영업자인 명 변호사가 어떻게 알겠어, 월급쟁이들 고충을.

명변호사 왜 모릅니까? 나도 월급 주는 직원 있어요. 나도 직원들이 밤일은 하거나 말거나 사무실에 나와서 똑바로 아주 아주 많이 일하는 걸 좋아하지요. 내가 지금 무슨 소릴 하는 거야? 남편은 평사원 시절에도 집에 업무할 서류를 가지고 온 적이 많았지요?

유경자 일류대 출신들보다 잘해보겠다면서….

명변호사 가져왔지요?

유경자 네.

명변호사 대리 달고 나서 중국에 손톱깎이를 보내야 하는데 인도에 갈 볼펜을 실어 보낸 적이 있죠?

유경자 네.

명변호사 남편은 그 실수를 한 날, 원인이 뭐라고 말했습니까?

유경자 그건 화가 나서 한 말입니다.

명변호사 남편 말대로 읽어드린다면… 그기… 여기서 그기는 경상도 사투리로 증인을 말하는 거지요?

유경자 네.

명변호사 (기록지를 읽는다) 그기 요상한 비디오를 틀어뿔면서 밤이 새도록 내를 간주고 놀았다 아입니꺼? 내가 하도 되서 실수한 기라요. 여기서 되다란 말은 무척 고되다는 경상도 사투리지요?

유경자 네.

명변호사 남편한테 이 소송을 걸기 전에 상의를 했습니까?

유경자 상의는 안 하고 통보만 했습니다.

명변호사 소장을 낸 다음에요?

유경자 네.

명변호사 남편의 반응은 어땠습니까?

유경자 때렸습니다.

명변호사 맞으셨다. 그러구요?

유경자 소를 취하하라고 했죠.

명변호사 왜 취하하라고 했을까요?

유경자 밥줄이 끊긴다는 거죠.

명변호사 이런 소송을 걸고도 남편이 회사에서 온전히 생활할 수 있다고 여기십니까?

유경자 아니요.

명변호사 이 소송 관계 서류는 증인 남편이 심혈을 기울여온 프로젝트 설명회장에 날라왔습니다. 이것도 남편을 위해서였습니까?

유경자 네.

명변호사 (고개를 가웃하며) 잘못 들었나… (관객한테) 네라고 했어요?

아니요라고 안 하고? (관객의 답변을 듣고) 남편은 결국 권고 사직 대상이 되고 말았지요?

유경자   내가 알아보니까 벌써 6개월 전부터 남편은 정리해고 대상이었어요. 이번 일만 시키고 엉뚱하게 영업 파트로 보내버릴 작정이었대요. 아무리 충성을 바치려 해도 다 쓴 물건에 미련 두는 사람 없어요.

명변호사   무슨 근거로 남편을 다 썼다고 폄하하시나요?

유경자   피터의 법칙.

명변호사   무슨 말씀이신지?

오판사   명 변호사, 피터의 법칙 몰라요? 직원들한테 늘 능력보다 과중한 일을 맡긴다. 계속 승진을 시켜주면서 과중한 업무 부담을 확장한다. 한 15년 흐르면 그 사람은 무능력해지고 도태된다. 사회적으론 시체가 되지만 듣기 좋은 말로 조기은퇴.

명변호사   실업계의 얘기네요.

오판사   그러니까 공무원처럼 정년이 있거나, 자영업이 안전빵이지.

유경자   존경하는 재판장님, 변호사님! 잡담 그만하세요.

명변호사   증인의 시어머니 홍정순 씨는 아들 추형도 씨가 어려서 자전거를 타다가 넘어져, 코피를 많이 흘려서 기운을 못 쓰는 거라고 했는데 알고 있나요?

유경자   어려서 코피 흘린 것 때문에 기운이 없으면, 난 달마다 흘리는데 쓰러져 죽지 않고 용케 이 자리에 앉아 있네요. 달마다!

명변호사　처음엔 일조만 그룹에서 소 취하를 권유했죠?

유경자　네.

명변호사　증인이 신청한 위자료 액수보다 많은 돈을 주고, 남편 자리도 보존해주겠다고 했지요?

유경자　네.

명변호사　그래서 소 취하를 전제로 한 합의서에 도장을 찍기로 했죠?

유경자　그거야 남편이 자지를 짤라버리겠다고 해서….

오판사　(깜짝 놀라 아래를 본 뒤) 증인, 그런 단어는 쓰지 마세요.

　　　　　명 변호사는 유연하게 움직이다가 꼼짝 못하고 서 있다.

오판사　명 변호사, 계속하세요.

명변호사　와, 정말 오금이 다 저립니다. (단단히 결심을 하고) 증인 그렇게 하고 싶으면 대책마련을 하시지 그랬어요?

유경자　대책? 바람을 피우라구요?

명변호사　그럴 필요 있나요? 증인! 자위를 해보신 적이 있습니까?

유경자　(명 변호사를 째리다가) 명 변호사님은 해본 적이 있나요?

명변호사　해봤습니까, 아닙니까?

유경자　변호사님은 마누라 두고 자위합니까, 재판장님도 해요?

오판사　나야 뭐, 등이나 긁지.

명변호사　지난겨울 남편이 회사 합숙소로 가버리자 포장마차로 나온 적이 있죠?

유경자 자주 나왔죠.

명변호사 그때 옆에서 술 마시던 소통운수 소속 기사 변만득 씨를 기억하십니까?

유경자 그 사람 이름이 변만득이에요?

명변호사 그때 그 남자한테 나를 어떻게 해볼 수 있냐고 물은 적이 있습니까?

유경자 미친놈! 일조만에서 얼마 받았대요?

명변호사 있습니까?

유경자 네. 술 취한 김에 그랬어요. 그리고 바로 당신이 나를 어쩔 수는 없다, 내 몸의 주인은 나다, 그랬어요. 그 말은 안 하던가요?

명변호사 물론이죠. 그런 발언엔 지불하지 않으니까. 그 기사는 낌새를 채고 증인의 허리를 껴안았죠?

유경자 네. 그래서 그 사람은 술병으로 자지를 맞았죠.

명변호사 (열 받아서) 재판장님! 지금 증인은 신성한 재판정을 직접 화법으로 어지럽히고 있습니다. 우리들 성기를 모욕하고 있습니다.

오판사 그러게 말이네. 순 우리말로 자지, 그러면 모욕이고, 중국 글자로 성기, 영어로 페니스. 그러면 점잖은 말이라고 하니, 원.

명변호사 아니, 재판장님까지 왜 이러십니까? 심약한 제가 그런 엄청난 단어를 듣고도 멀쩡하게 심리를 끝낼 수 있다고 생

29

각하십니까? 증인, 증인, 그 기사하고 실랑이를 하면서 여관 앞까지 끌려갔지요?

유경자 여관엘 왜 가요?

명변호사 여기 여관 종업원들이 진술한 증언이 있어요. 왜 거짓말을 해요?

유경자 여관 앞에 끌려간 것이 아니구요. 포장마차가 여관 벽에 붙어서 장사를 했어요. 거기서 엉켜서 싸운 것뿐이라구요.

명변호사 자 돌이켜 봅시다. 유명 대학까지 나온 분이 포장마차에서 소주를 까시다가 택시 기사를 꼬이다 후환이 두려워 싸움으로 끝을 맺는다. 상식적으로 가능한 일이라고 생각하십니까?

유경자 (화를 내며) 가능하지 못할 게 뭐가 있어요? 쇳가루도 녹여 먹을 스물여섯 총각이 일조만 그룹에 입사한 지 18년 만에 폐물이 된 것은 상식입니까? 내가 무슨 유전자가 잘못돼서 어우동처럼 성욕이 승천한다고 강제로 검사를 받게 하는 것은 상식입니까? 내가요. 성욕이 뻗쳐서 돌아 버린 년이라면요 이런 짓 안 해요. 그까짓 위자료 껌 값이라 이거에요. 차라리 꽃뱀, 아니라 꽃살모사라도 돼서 변태로 지랄로 놀다가 돈 많은 멍청이 물고 자빠지는 게 천 번 만 번 낫지. (정신을 차리고) 어머나… (무얼 찾는 시늉) 내 교양이 다 어디로 갔지? 소송을 하면서 세파에 시달리다보니까 입술이 수채 구멍이 됐네요. 재판장님! 허락하신다면 잠시 쉬고 싶네요. (관객한테) 여보! 실망하셨죠? 그래도 내편이죠?

오판사   못 말려. 10분간 휴정합니다.

오 판사, 망치를 두드린다.

오 판사 나간다.

명 변호사, 자료를 들고 나간다.

유경자, 일어서서 증인 대기실로 간다.

유경자는 숨을 몰아쉬며 물을 벌컥벌컥 마신다.

유경자는 중얼거리며 화장을 고친다.

외롭게 전의를 다지는 유경자.

무대는 이 연극의 주제가가 흐른다.

(가사)

1. 돌아누운 당신 어깨 너머로

　사계절이 넘실대며 지나가네요

　잠꼬대처럼 내뱉는 한숨 소리에

　잊었던 우리 사랑 바스라져요.

(후렴) 거친 이 세상 어떻게 만나

　저 멀고먼 끝까지 가려했던가

　이제는 돌아와 흰머리 기대는 야속한 사람아

2. 불 꺼진 거실 소파에 누워
　　차디찬 포도주에 시름 담고서
　　당신의 자동차 소리 기다리며
　　먼지처럼 사라진 내 청춘 돌아봅니다.

유경자　(자기 뺨을 때리며) 미쳤어, 미쳤어. 거기서 왜 막말이 튀어나오는 거냐구. 아니, 여자오판사 명변호사는 다 어디 갔어. 어디 있는 거야? 왜 할머니 오판사는 없느냐구? 잘못하다 간 옴팡 뒤집어쓰게 생겼어. 힘내라 유경자, 정신 차려 유경자. 말 못하고 끙끙 앓는 주부들의 대변자 유경자. 꼭 이겨야 여성들의 성권이 보장된다. 성권? 그런 권리도 있나? 하여튼, 두고 보자 일조만. 꼭 이길 거야, 꼭 이겨야지. (요상한 표정을 지은 다음) 화장실은 어디지?

　　유경자, 화장실로 들어간다.
　　오 판사와 명 변호사가 재판정으로 나온다.
　　유경자도 재판정으로 나온다.

　　유경자, 증인석에 앉는다.
　　오 판사는 가방에 담아온 얼음주머니를 꺼내 바닥에 깐다.
　　법복을 펼치고 맨발을 그 위에 올린다. 차갑다.
　　법복 안에는 바지를 입고 있지 않다.

오판사　심리를 재개합니다.

오 판사 망치로 세 번 두드린다.

명변호사　재판장님! 지금부터 슬라이드를 보겠습니다.

오판사　지난 공판 때 신청한 슬라이드 시청 요구 말씀이죠?

명변호사　네.

오판사　필름 준비는 됐어요?

명변호사　네, 준비됐습니다.

오판사　좋습니다. 허락합니다.

명 변호사, 슬라이드를 틀라는 손짓을 한다.

슬라이드가 나온다.

거의 다 유경자가 속옷만 입고 섹시한 포즈를 취하고 찍은 사진
이다.

진짜로 섹시하지는 않고 흉내를 냈기 때문에 나오는 사진마다 웃
음이 터진다.

명변호사　증인! 이 사진에 나오는 사람이 증인이지요?

유경자　네.

마지막 사진을 뒤에 남기고 재판정에 불이 들어온다.

명변호사　언제 찍었죠?

유경자　하도 답답해서 한 일 년 전에 찍어서 남편 주머니에 넣어주었어요.

명변호사　이 사진이 남편의 고개 숙인 성을 되살릴 수 있다고 믿으셨나요?

유경자　참고 있으면 누가 알아줍니까? 내 섹스의 유일한 상대한테 의사표시라도 마음 놓고 해보고 싶었어요.

명변호사　여자가 돼가지고 감히 섹스를 하고 싶다는 의사표시를 한단 말씀입니까?

유경자　네. 여자 주제에 감히.

명변호사　남편이 허락합니까?

유경자　본능도 허락 받고 표현해야 합니까? 가정생활이 무슨 독재자 밑에서 신음하는 철권통치인줄 아세요? 그래요. 우리 남편도 똑같아요. 어쩌다 남편 허리를 감고 코맹맹이 소리라도 내면 어쩌는 줄 아세요? (남편 말투로) 니 환장했나? 제정신이가? 여자는 그저 옴팍 엎어져 자다가 남편이 이리 온나 할 때 화장실로 발랑발랑 뛰어가 샤워기로 뽀득뽀득 씻고, 그래 오는 기다 알긋나? 알았으면 뒤비져 자라.

명변호사　증인의 아이들이 있지요? 여고 1년, 2년, 연년생이지요?

유경자　네.

명변호사　혹시 딸들이 이걸 보았다면 뭐라고 하겠습니까?

유경자　요즘 애들은 어려서부터 선정적인 누드 광고를 가지고 딱지 접어서 놀아요. 지들끼리 모여서 인터넷에 들어가 플레이보이도 보고 비디오 방에 가서 포르노 실컷 보는 애들이라구요.

명변호사   어린 딸들이… 순결을 지켜야할 가녀린 딸들이 봐도 상관 없다는 말씀입니까? 자녀 교육에 해롭다는 생각은 안 하셨습니끼?

유경자   이롭다는 생각을 했어요.

명변호사   이롭다구요? 나 원… 나도 딸 둘에 아들 하나유. 세상에 어느 어머니가 벌거벗고 찍은 사진을 보여주며 인생에 이롭다 하겠어? 청소년 아이들한테 이런 비윤리도 다 있나? 딸들을 고이고이 유리그릇 깨질까 조심조심 키워서 가풍 좋은 집에 시집 보낼 생각은 못할망정, (유경자 흉내) 어려서부터 플레이보이를 봤어요. 이거 뭐 섹스 조금 못했다고 소송을 걸은 것까지는 봐줘. 어차피 변호사 수임료는 나오니까. 우리 미스 오 만나러 가다 흙탕물에 튀겼다고 치면 되는데… 아니 어떻게… 완전히 돌지 않으면 어떻게 자식을 기른다는 어머니 입에서 저런 말이 튀어 나오냐구. 아, 진짜 여자의 몸에서 나와야하는 사나이들의 신세가 처량하다. 그것도 다리 가랑이 사이를 뚫고 나와서 저런 여자들 먹여 살리려고 뼈 빠지게 일하는 남자들 팔자가 기구하다. 아하하. 사나이 자존심, 법조인의 전문성이 봉변당하는구나.

오판사   명 변호사, 질문이나 해요. 증인이 돌았다면 그건 정신과

의사 담당이지 판결과 상관없잖아요

명변호사 증인, 아이들한테 왜 이롭죠?

유경자 아, 깜빡하고 화장대 위에 놔뒀다가 들켰다니까요

명변호사 딸들이 봤다? 어머니의 저런 모습을? 딸들이 뭐라고 하던 가요?

유경자 다시 찍으라고 했어요.

명변호사 한창 사춘기인 여학생들한테 조심성 없이 사진을 보여주 는 어머니의 정신 상태에 대해 주목해 주시기 바랍니다.

유경자 정신 상태는 무슨… 난 내 딸들이 자신의 성욕을 표현하 고, 누리고, 때로는 금욕하며 완전히 자신의 몸을 자신의 결정에 따라 살아주길 바래요 그래서 성생활 얘기를 이해 할 수 있는 선에서는 자유롭게 해줬어요. 교육을 철저히 시키죠. 쉬쉬하면서 뒷구멍으로 포르노 보게 만드는 현실 이 더 나빠요. 변호사님이나 재판장님은 고등학생 때 도 색 잡지 안보셨나요?

오판사 왜? 중학 때부터 봤지. 난 일본 게 재밌더라.

명변호사 (발로 괜히 책상을 차며, 오 판사한테 불만을 표시하며) 여기 편지 가 하나 있어요. 증인이 썼지요? (복사지를 내민다)

유경자 (보며) 하여튼 별걸 다 꺼내다 바쳤다니까. 그렇다고 회사 가 자길 안 짜를 줄로 아나….

명변호사 (오 판사한테 편지를 준다) 편지 내용은 주로 성적인 농담이 적 혀있습니다. 참고하시기 바랍니다. 증인, 직접 쓴 친필 맞 지요? 이 음란편지.

유경자   (퉁박을 주며) 부부 사이에 무슨 음란이에요? 그냥 생활이지.

오 판사, 편지를 읽다가 신이 나서 돋보기를 꺼내서 본다.
오 판사, 혼자서 얼굴이 붉어지며 숨소리가 거칠어진다.
명 변호사와 증인, 오 판사를 본다.

오판사   왜요? 잠시 휴정하자구요?
두 사람   아니요.

오 판사 침을 꿀쩍 삼키며 헛기침을 한다.

명변호사   이 편지를 재판정에서 직접 읽을 필요는 없습니다. 편지 안에는 순 우리말로 성기에 대한 묘사와 그걸 입과 관련해서 표현을 한 것도 있구요. 자신의 성기를 음식에 속하는 조개로 비유하면서 그것이 움직이는 모습까지 써놨습니다. 상식적인 여자라면 이렇게 저속하고 음란하고, 미풍양속을 해치면서 시골 버스 정류장 변소에 쓰인 낙서처럼 꾸민 편지를 쓸 수 있다고 생각하십니까? 증인 그 편지를 어디서 썼지요?

유경자   (치마로 부채질을 하고 있다가) 식탁에서요.

명변호사   저것 봐. 밥 먹는 상 위에서 씹씹씹 하고 앉아있으니… 어머머 죄송합니다. 불미스런 단어가 튀어나온 점 사과드립니다. 증인은 이 소송을 하자마자 남편한테 이혼 소송을 당했죠?

유경자　네. 처음엔 남편이 완전히 회사하고 한패가 됐으니까요.

명변호사　이런 소송은 남편의 성능력을 비하하고 조롱하는 처사로 남편의 사회적 지위를 완전히 박살내는 것입니다. 알고 계셨습니까?

유경자　아이, 뭐 늙으신 대통령들은 성능력 없다고 표를 안 찍어 줍니까, 업무를 못 보십니까? 여기 앉으신 재판장님이 성능력이 사라졌다고 현명한 판단을 못 하시겠습니까?

오판사　(큰 소리로) 나 말예요? 나 빳빳해요.

명변호사　남자들 사회에서 성능력이 없다는 사실은 사형 선고받은 사람과 똑같이 친다는 사실을 아십니까?

유경자　흥, 일조만 회장은 70세에 두 번째 부인하고 이혼하고 재혼하십디다. 그게 다 돈 없는 사람들이 가지고 있는 알량한 자존심이라구요. 성능력은 무슨 돈능력이지.

명변호사　(화를 삭히려고 애쓰며) 남편 추형도 씨는 이 소송 때문에 회사나 사회에서 노리개가 되고 언론에 알려지면서 내시로 인식되고 있습니다. 아시죠?

유경자　우리 남편한테 팬레터도 많이 옵니다. 마누라 잘 얻었다구요. 왜 남편이 이혼소송을 취하했는지는 안 물으시죠?

명변호사　그건 댁의 변호사가 묻겠죠. 증인은 이혼 소송을 받게 되자 남편을 꼬여서 제부도란 섬으로 여행을 떠났죠?

유경자　네.

명변호사　거기 간 목적이 뭡니까?

유경자   서로 간의 진심을 알고 깊은 이해를 하고 싶었어요.

명변호사   거짓말 마세요. 섹스를 통해서 화해하려고 했죠?

유경자   우린 악수를 할 줄 알아요. 꼭 섹스를 해야 화해가 되나요?

명변호사   남자들은 한 번 하면 마음이 풀리니까, 찐하게 한 번 하고 소송을 취하하라고 꼬드길 작정이었잖아요.

유경자   아녜요. 하기 싫었어요. 하자면 어쩌나 걱정했다구요.

명변호사   왜요? 두려워서? 남편이 눈길도 주지 않을 거란 생각에?

유경자   아니라니까요.

명변호사   도대체 무엇 때문에 싫습니까? 몇 달을 굶고, 섹스 때문에 두 가지 소송이 걸리고, 감정이 얽힐 대로 얽히고, 다음 기념일까지 기다리려면 몇 달이나 남았는데….

유경자   이거 보세요. 내 입술을 잘 보세요. (입을 벙긋벙긋 한다)

명변호사   무슨 소린지 재판장님이 들리도록 하세요.

유경자   (또박또박) 저는 그때 생리중.

명변호사   (놀라며) 아 생리중… 생리를 하면 하기 싫다? 진실입니까?

유경자   네.

명변호사   왜 생리중에는 하기가 싫죠?

오판사   명 변호사, 모르나? 나도 싫더라.

명변호사   재판장님도요?

명변호사, 고개를 갸웃갸웃 한다.

명변호사   회사에서 마지막 프로젝트를 할 때 강제로 합숙을 시켰

나요?

유경자 강제는 아니지만 강요를 했죠.

명변호사 자원자에 한해서 편의를 제공받았죠?

유경자 열다섯 명이 100% 자원하는 것도 자기가 원하는 겁니까?

명변호사 남편은 주말에 가끔 들리셨지요?

유경자 아니요. 아래 직원들 분위기 흐트린다고 오지 않았어요. 휴일도 없고 명절도 없었어요. 감옥생활이지 뭐예요?

명변호사 감옥은 무슨. 주말마다 온천, 골프장 다니는 죄수도 있어요? 프로젝트 중간에 단체로 일본 규슈관광도 했구만… (증거로 관광사진을 오 판사한테 준다) 여깄습니다.

유경자 내가요 규슈 갈 때 마누라들 좀 데려가 달라고 탄원서까지 냈어요. 도장 받으러 다니느라 얼마나 고생했는데….

명변호사 그랬겠죠. 어련하시려구. 증인은 언제나 늘 그 생각밖에 없으니까 섹스!

유경자 (화를 내며) 이것 보세요. 남편 회사에 파견 나온 영국 사람은요 3개월마다 집에 갔다 왔어요.

명변호사 왜요?

유경자 그 나라 노동법은 섹스 할 권리를 인정하니까 그렇죠. 오죽하면요. 디지털 이동전화 개발할 때, 현대전자에서, 연구원 부인들이 사장 앞으로 탄원서를 냈겠어요, 남편들을 가정으로 돌려달라구요. 칠십 년대에 남편을 중동에 보내고 2년, 3년 기다린 아줌마들이 있으니까 오늘날이 있는 거라구요. 이제는 여자들 인권도 배려해야 합니다.

명변호사 증인! 증거도 없는 헛소문 퍼뜨리지 마세요.

유경자 (무시하며, 신문 스크랩을 꺼내 흔들며) 1997년 6월 13일 금요일자 중앙일보 경제면을 참고하시기 바랍니다, 재판장님.

명변호사 이 아줌마가 재판장님 헷갈리게 하고 있어. 아줌마! 증거는 변호사만 제출하게 돼있어요 증인이 무슨 건방지게 참고하라 마라야! 이번 소송 때문에 회사에서 남편을 섹스클리닉에 보낸 적이 있죠? 알고 계시죠?

유경자 네.

명변호사 (진단서를 오 판사한테 주며) 여기 진단서인데요. 진단서에는 정신적인 스트레스로 인한 의욕 상실로 나와 있습니다. 어때요? 동의하십니까?

유경자 의욕 완전 상실은 아니구요 잠정적인 상실입니다.

명변호사 정신적인 스트레스라면 어떤 것을 들겠습니까?

유경자 남편은 자기보다 2년 늦게 입사한 후배가 먼저 과장이 됐을 때 충격이 컸습니다. 입사 때는 타이피스트가 쳐주던 업무가 점점 컴퓨터로 바뀌는 것에도 스트레스를 받았구요. 새벽에는 영어회화학원을 다니다, 중국하고 무역이 늘어나는 바람에 중국어어학원에 들어가 살기도 했죠. 통관 절차가 복잡해서 공항에 나가 서류 집어넣을 때는 잠도 못 이뤘습니다. 집에다 팩스까지 놓고 회사일을 봤죠.

명변호사 그거야 직장에 다니면 누구나 그 정도 스트레스를 받죠. 그것보다 아내가 너무 시도 때도 안 가리고 하자고 덤벼드니까 오히려 기를 못 피는 것 아니겠어요?

유경자   덤벼든 적 없습니다.

명변호사 두 분, 아직도 사랑하십니까?

유경자   (생각하다가) 네.

명변호사 남편이 증인을 사랑한다고 믿으십니까?

유경자   (생각하다) 네.

명변호사 남편이 합숙소에 가 있는 동안 단란주점 아가씨와 벌였던 행각에 대해 알고 계십니까?

유경자   이번에 알았습니다.

명변호사 남편은 단란주점 아가씨하고는 하룻밤 풋정을 나눴습니다. 그래도 사랑하십니까?

유경자   네, 네, 네! 그 프로그램 입찰담당자를 대접하느라 그랬어요. 남편은 아가씨 불러대는 것도 산물이 난다고 했다고요.

명변호사 허, 신물이 나요? 아저씨들하고 아가씨들하고 락카페에서 한참 추다가 호텔로 갔다는데요?

유경자   그쪽 회사 배 이사는요 꼭 사람을 물고 들어가요. 공범을 만든다구요. 우리 남편이 안 놀아주면 입찰 못해요. 판이 깨진다구요.

명변호사 당신 남편이 먼저 설쳤다는데 왜 이러세요? 애들이 중3이라고, 영계라고, 앞장서서 들어갔다는데. 요금도 자기 카드로 긁고.

유경자   하기 싫어도 해야 하는 것 아니에요? 남자들만의 사회가 그런 것 아니에요?

명변호사 바꿔 생각하면 부인한텐 감흥이 없고, 아가씨를 만나니까 숨죽였던 성이 고개를 드는 것이 아닐까요?

유경자 그러니까 내가 전혀 남편의 성욕을 일으키지 못하면서 색마처럼 달려든다 이 말씀입니까?

명변호사 색마? 단어 선택이 탁월하십니다. 증인은 자신의 몸을 어떻다고 보십니까?

유경자 살아있다고 봅니다.

오판사 명 변호사, 저 몸이 어때요? 내 나이 돼 봐. 다 이뻐요.

명변호사 증인은 20대에는 균형이 잡히고 매끄러운 살결을 지니고 있었다고 들었습니다. 그렇습니까?

유경자 네.

명변호사 둘째 아이를 낳고 나서 15킬로나 불었죠?

유경자 (치마로 부채질을 하다가 얼른 가리며) 네. 그래서 굶었잖아요. (몸매를 자랑하며)

명변호사 남편은 에어로빅이다 수영이다 운동을 권했지요?

유경자 네.

명변호사 왜 권했을까요? 힘들게 벌어서. 집에서 노는 아내한테 돈을 들여가면서까지, 운동을 하라고 했을까요. 아내가 날씬한 것이 좋아서겠지요?

유경자 자기도 총각 때보다 20킬로 늘었어요 우린 공평하게 중년이 되어갔다구요. 여자들은 뭐 취향이 안 맞아서 톰 크루즈 끼고 안 자는 줄 아세요?

명변호사 남편은 젊고 싱싱하고 탄력 있고 매끌매끌하고 솜털이 보송보송한, 이상적인 몸을 만났고 섹스 할 흥미를 되찾은 것이 아닐까요?

유경자　이것 보세요. 섹스는요. 성기가 행동을 하지만 즐기는 것은요. 이 두뇌, 머리통이에요. 남자들이 여성의 몸 전체를 성욕 대상으로 삼는 건 개인 취향이라 따질 건 없지만요 여자들은 최소한, 성기를 보고 섹스를 결정하진 않아요. 마음의 교류를 중심으로 결정한다구요. 그년하고 했는지 안 했는지 모르지만요 그건 섹스가 아니라 돈거래에요. 지나가다 라이터 하나 산 것하고 뭐가 달라요? 섹스가 그렇게 가치가 없단 말씀이세요?

명변호사　아가씨의 증언 테이프를 제출합니다. (테이프를 오 판사한테 내밀며) 아가씨는 분명 성기가 삽입되었다고 증언했습니다.

유경자　나한테도 들어가긴 해요. 스르르 빠져서 그렇지.

오판사　증인, 옐로카드예요. 노골적으로 말하지 마세요.

명변호사　증인, 어쨌든 남편은 당신 앞에선 옷도 벗기 싫어했는데, 아가씨하곤 즐긴 것 아닙니까?

유경자　인정합니다. 그래서 이런 소송을 걸었습니다. 남편과 나를 위해서.

명변호사　어떤 점을 위한다는 거죠?

유경자　남편은 사나이 교육을 받은 그대로 성에 대한 태도가 변하지 않습니다. 남편은 다른 남자들처럼 '성기가 만족'하는 섹스를 즐기고 있어요. 발기와 사정을 줄거리로 하는

지리멸렬한 섹스법이죠. 이런 섹스관은 대상이 신선하기 전에는 몇 번 하다가 흥미를 잃고 맙니다. 나라도 그러겠어요. 몸의 일부분이 만족하는 것이 아니구요. 살아온 인생 전체가 흥분하고 만족하는 섹스를 즐기고 싶었어요. 남편하고… 그게 진짜 사랑이죠.

명변호사 증인, 그런 사랑이야 집에서 두 사람이 해결을 보면 되는 거지 왜 소송을 걸어서 떠들썩하게 만들고 그럽니까? 증인, 얼마 전에 해외여행 계 들은 거 깨졌지요? 계주가 돈 떼먹고 도피중이지요?

유경자 그 친구, 남편 회사가 부도나는 바람에 그렇게 됐대요.

명변호사 떼인 돈이 무려 삼천사백만 원이라고 하던데요 맞습니까?

유경자 네.

명변호사 곗돈과 이잣돈 꿔준 것을 합해서지요?

유경자 네.

명변호사 증인의 유일한 비자금이었지요?

유경자 네.

명변호사 그 돈이 다 사라지니까 위자료 청구소송을 걸었지요?

유경자 아닙니다.

명변호사 돈이 목적이 아니면 왜 이런 엄청난 물의를 일으키는 겁니까?

유경자 남편이 회사일에 바쁘면 여행은 친구나 친척하고 가면 되구요. 탁구는 딸들하고 치면 되구요. 등산은 동네 산악회에 들면 되구요. 돼지갈비는 외삼촌하고 먹어도 되구요.

뭐… 다 대체 가능하죠. 하지만 섹스는 어때요?

명변호사 뭐가 어떻다는 겁니까?

유경자 대체할 것이 없잖아요. 회사 입사원서에 잠자리 권리 포기 각서라도 썼나요? 남편 월급에 그 항목으로 특별 수당이 있는 것도 아니구요. 당연히 당연히 위자료는 회사측에서 내야 하는 거 아녜요?

명변호사 혹시 남편이 조루에 걸렸다고 생각하신 적은 없으신가요?

유경자 아니요.

명변호사 조루 진단을 받기 위해 병원을 찾은 적은 없습니까?

유경자 없어요.

명변호사 혹시 그럴 가능성을 발견한 적은 없나요?

유경자 아녜요.

명변호사 왜 이러세요? 모모 성기구 판매회사에서 조루예방과 치료를 위한 기구를 사 간 적이 있는데….

유경자 사긴 샀죠. 우리 차 윈도우 브러시에 누가 선전지를 놓고 가서요.

명변호사 조루가 아니면 왜 그 물건을 사셨냐구요?

유경자 들어보세요. 전화주문하고 며칠 있으니까 정말 물건이 오더라구요. 그 기구란 게 특별한 것은 아니고, 세 가지 링이더라구요. 크기가 다르고 오돌토돌한 것, 매끄러운 것… 이렇게 왔어요. 남편이 잠들기를 기다렸다가….

명변호사 링이 뭡니까?

유경자 남자들 반지요.

명변호사   반지가 무슨 조루 예방을 합니까?

유경자   손가락에 끼는 게 아니구요. 다른 데다 끼웁니다.

명변호사   발가락?

유경자, 살래 살래.

명변호사   팔목이나 발목?

유경자, 살래 살래.

눈으로 명 변호사의 거시기를 가리킨다.

명 변호사, 유경자의 눈길을 쫓아서 보다 보니까 자기 물건이다.

명 변호사, 움찔한다.

유경자   가장 큰 걸로 끼웠더니 헐렁거려서 빠지더라구요. 그래서 중간것 오돌토돌한 것으로 끼워놨거든요 그런데 새벽에 갑자기 남편이 소리 지르며 데굴데굴 구르더라구요. 눈 떠보니 남편은 그걸 붙잡고 펄펄 뛰더라구요. 식은땀이 뚝뚝 떨어지더라구요.

명변호사   왜요?

유경자   새벽이잖아요. 바짝 서는 때가 아니겠어요?

명변호사   그렇다고 조루가 아니라는 증거는 아니잖습니까?

유경자   시간이 문제죠. 금세 빠졌느냐, 아니면 오래 갔느냐. 남편은 살려달라고 소리치지. 애들이 뛰어오면 어째요. 잡아

빼려고 하면 할수록 더 성을 내며 고개를 쳐들더라구요. 괴로웠죠. 119를 불러?

명변호사 어떻게 빠졌습니까, 그 링이. 119가 쨌어요?

유경자 찬물을 쏟아 붓고서 빠졌다니까요.

두 남자. 유경자의 말에 잔뜩 긴장하다가 빠졌다는 말을 듣고 안심한다.

오판사 증인 그거 어디서 샀수?

유경자 왜요? 쓰시게요? 제일 작은 거 하나 남았는데….

오판사 (펄쩍 뛰며) 아녜요. 보건의료법으로 다뤄야 하니까 그러지.

유경자 하여튼 커질 때를 생각해서 꼭 맞는 것을 끼우면 안 되겠더라구요. 알겠죠?

두 남자 (고개를 끄덕 끄덕) 네!

명변호사 증인, 외도를 할 생각은 안 했습니까?

유경자 생각이야 하죠.

명변호사 생각만 했습니까?

유경자 날마다 밤마다.

명변호사 왜 생각만 하셨습니까?

유경자 나는요. 일부일처가 법이면요 그걸 지키고 살아요. 길을 나서면 무단횡단을 안 하구요. 함부로 쓰레기 버리지 않아요. 무슨 위반 같은 건 안 해요. 공동체를 위해서 지켜야한다고 생각하면 그대로 지켜요. 그런 걸 일체 무시할 정도로 잘난 여자가 아니거든요.

명변호사 그렇게 지키는 것을 좋아하면서 남편이 안 해주면 참고
살아야지 왜 소송은 거셨습니까? 아, 대답은 필요 없습니
다. 재판장님! 여기 국내 유력 일간지에서 이번 사건을 소
재로 여론조사 한 결과를 참고하시기 바랍니다. (신문 스크
랩을 가져다준다) 문제의 Y여인에 대한 여론조사 결과, 문제
의 여인은 변태다 71%, Y여인의 남편이 성불구다 21%,
문제의 여인한테 공감한다 7%, 나머지 1%는 연락할 삐삐
사서함만 알린 채 대답 없음. 재판장님은 동방예의지국에
서 있을 수도 없고 있어서도 안 되는 생과부 위자료 사건
이란 것, 전 세계가 주목하고 있다는 것, 특히 남성들이 결
론을 주시하고 있다는 것을 유념해주시기 바랍니다.

오 판사는 명 변호사의 말이 길어지자 얼음주머니를 들어 다리를
문지르다, 유념해달라는 말에 슬그머니 내려놓는다.
역시 유경자도 치마로 부채질을 하고 있다.

명변호사 증인은 71%의 사람들이 변태라고 했어요. 어떠세요?

유경자 옛날 사람들은요 뒤로 하면 변태라고 했어요. 속담에 이
런 말이 있죠 개 흘레하듯 한다. 요즘 사람들은 뭐라고 하
는 줄 아세요?

명변호사 몰라요.

유경자 뒤로 해야 더 재미있다. 변태에 대한 생각은 자꾸 변합니

다. 21세기가 되면 농담거리도 안 돼요. 변호사님은 71%와 21%를 합쳐서 92%가 자기편이라고 의기양양하시는데요. 나한테 중요한 건 7%의 사람들이에요. 92%는 압도적 지지로 정치인에 당선될 때나 흐뭇한 지지율이죠. 7%의 사람… 우리나라 성인 인구를 2천 만으로 잡는다면요. 그 안에 140만이나 되는 사람들이 고통받고 있다는 얘기에요. 하여튼 난 140만이나 되는 사람들의 고통쯤은 아무 것도 아니라면서 과반수의 횡포로 사회가 구성되는 이런 시대를 혐오합니다. 그런 면에서 내 소송은 소수의 목소리면서 민주주의를 살리는 종소리라고나 할까요.

명변호사 그래서 당신이 변태라는 거요 아니라는 거요?

유경자 맞을 수도 있고, 틀릴 수도 있죠.

명변호사 이 여자가 왜 자꾸 왔다갔다해.

유경자 당신은 선 아니면 악, 백 아니면 흑만이 세상에 존재한다고 생각하는데 그런 눈으로 보면 나는 당연히 흔들리는 것처럼 보이죠, 당연해요. 당신은 사회를 과학의 눈으로 보지 못하고 이기냐, 지냐 하는 소송의 관점만 있는 바보 멍청이야.

명변호사 뭐 멍청이? 내가 어떻게 해서 얻은 변호사자린 줄 알아? 당신 같은 여자 상대로 잠자리 송사나 하려구 고시 패스한 줄 알아? 재벌회사 고문변호사라고 여기저기서 부러움도 많이 샀는데. 하는 일이라는 게 고작 당신 남편의 거시기가 뭐시기 합니까? 여보세요 그렇게 괴로우면 불우한

이웃한테 자원봉사도 다니고 종교생활에 심취하던지 환경보호 운동에 앞장서던가… 주부가 할 일이 좀 많아요? 남자들이 밖에 나가서 마누라하고 자식 먹여 살리느라 얼마나 고생하는 줄 알아요?

유경자 그러게요 왜 혼자 고생하냐구요. 고생도 함께, 가사노동도 함께, 육아도 함께… 싹싹 분리해서 하지 말고 함께 하자는 거예요.

명변호사 남자 할 일, 여자 할 일이 정확하게 나뉜 사회에서 증인이 주장하는 두리뭉실한 이론을 주목해주십시오, 재판장님. 증인의 사회를 보는 미숙한 견해, 주부이기 때문에 보이는 자기중심성을 고려하시기 바랍니다.

유경자 흥, 주부처럼만 능력 있어 보라 그래.

명변호사 마지막 질문하겠습니다. 증인은 1995년 12월 24일 밤 섹스를 하다가 발작을 일으킨 적이 있죠?

유경자 12월 24일 밤? 결혼기념일도 아니고 내 생일도 아닌데 왜 옷을 벗었을까… 했나? 모르겠는데요.

명변호사 참고로 말씀드리면 그 날은 메리 크리스마스입니다.

유경자 아, 생각나요. 발작을 했다구요? 내가?

명변호사 했지요?

유경자 몰라요 그게 발작이라구요? 변호사님은 그렇게 보이세요?

명변호사 나야 모르죠. 못 봤으니까. 당신 남편이 그렇다고 하더라구요.

유경자 어휴, 산다 살어. 결국 마누라 치마폭에 붙을 거면서 왜 시시콜콜 다 일러 바쳤냐. 그렇다고 재입사 될 줄 알았나? (정색을 하고) 아니요. 발작한 적 없어요.

명변호사 입을 따악 버리고 괴성을 지르면서 팔다리를 뒤틀어대다가 쓰러졌다고 하던데요?

유경자 (억울해서) 재판장님! 너무나 억울합니다. 저는요, 지난 10년 동안 저녁 설거지하면서 쭈욱 남편을 살폈어요. 쭈욱… 소파에 있나, 침대에 있나. (울먹이며) 남편이 먼저 잠들면 어떡하나… 꿈을 꾸다가요 성적인 꿈을 꾸다 숨이 차서 일어나면 거북이등처럼 딱딱하게 굳어 엎드려 자는 거예요. 언제나 남편은요. 그래요, 참았어요. 노력했구요. 기다렸어요 절실히 남편이 필요했어요. 사랑받고 있다는 느낌을 얻고 싶었어요. 느끼고 싶었어요. 발작했다구요? 그대로 보여드릴까요? 섹스가 아니면 무엇으로 어떻게 우리만의 관계를 끌어갈 수 있겠어요? 허, 발작이라구요? 절망이에요. 절망했어요. 재연하게 해주세요. 가슴이 벌렁댑니다.

오판사 명 변호사! 어때요? 볼래요?

명변호사 (침을 삼키며) 아, 네, 뭐, 실망시킬 것 같지는 않군요, 동의합니다.

오판사 증인 허락합니다.

유경자 (인사를 하며) 감사합니다.

유경자, 앞으로 나온다.

관객이 갖고 있는 커다란 인형을 빌린다.

이 인형은 남편도 되었다가 아내도 되었다 한다.

적당한 자리에 앉는다.

유경자 우린 그때까지만 해도 물침대를 썼어요. 그래야 기분이 업, 상승하니까. (눕는다) 남편은 주로 이쪽에 누워요. (남편이 눕는 마임, 출렁이는 마임, 남편 목소리) 자야… 남편은 뭐 좀 하려고 하면 코에 기름을 멕여 갖고, 자야… 하거든요 (남편 목소리) 자야, 니 자나? 아니요. (남편 소리) 니 씻었나? 네. (남편 소리) 벗었나? 아니요. (짜증) 빨리 안 벗고 뭐하노? 퍼뜩 벗어라. 부시럭부시럭 (관객한테) 팬티 벗는 소리예요. 스르르… (남편 소리) 자야, 니 잡아봐라. 억수로 크제? 네. (남편 소리) 만지란다고 쥐고서 밤 샐끼가? 니 쪼매 흐르나? 네. (남편 소리) 자야, 내 들어간다. 네. (일어나서) 우리 남편은요 육중한 몸을 탱크처럼 밀고서 힘주는 걸 좋아하거든요 (관객한테 등을 보이고 엎드려서) 힘을 빡 주고 잠시 뜸을 들여요. 실실 웃으며 나를 보죠. 니 오늘 나한테 죽어봐라 이 표정이죠. (관객한테) 잘 안 보여요? (돌아서서 똑같은 모습을 한다) 자야, 내 스타트 할란다. 스타트. (힘을 주며 앞으로 밀었다가 달력을 본다) 여보! 와? 액셀 안 밟아? 달력 좀 보고. 내일이 목요일이가? 네, 빨리. 목요일이 아니라 공휴일예요 크리스마스. 니 언제부터 예수 믿었나? 내는 내일이 일요일인 줄 알았다. 내일이 목요일이면 최 이사하고 정 비서관

하고 골프 쳐야 하고, 점심때는 프랑스에서 손님 안 오나? 호텔에다 땡겨드리고, 저녁에는 무슨 자선콘서트… 참 참, 사무실이 12층에서 5층으로 내려가니까 책상 놀 자리 봐 준다고….

남편은 중얼거리며 슬슬 기어 옆으로 고꾸라진다.
유경자는 다시 자기 역으로 돌아온다.
유경자, 황홀한 표정을 짓고 있다가 남편이 뭐하나 살핀다.
남편 옆에 엎드려 있다.
유경자, 남편을 살짝 건드린다.

유경자　여보!

남편, 코를 곤다.
유경자 열 받아서 어쩔 줄 모르다가 괴성을 지르며 발작한다. 발작이 절정의 순간에 이르자 불이 확 꺼진다.

오판사　명 변호사! 어떻게 됐어? 뺐었어?
명변호사　모르겠어요. 한 치 앞도 안 보입니다.
오판사　휴정하고 119 부를까?
명변호사　불이나 켜고요. 서기!
오판사　에어컨 고치다 그랬을 거야. 아까 더워죽겠다고 소리소리 질러났거든.

에어컨이 들어오는 소리가 나면서 불이 들어온다.

두 남자, 유경자를 본다.

유경자는 자리에 없다.

두 남자 당황한다.

유경자, 새침해서 들어온다.

오판사 증인, 자리를 함부로 떠나면 안 됩니다.

유경자 어휴, 죽을 뻔했다. 재판장님! 진동으로 삐삐가 왔는데요.

오판사 언제?

유경자 아까요.

오판사 발작 실연 보일 때?

유경자 네. 이놈의 삐삐가 전에도 그러더니, 진동만 오는 게 아니라 전기가 찌르륵 찌르륵 오지 뭐예요.

유경자, 어허허 하며 몸을 턴다.

오판사 삐삐 전기 그거 세지 않아요.

명변호사 그러게요. 증인 솔직하게 인정하세요. 증언은 섹스를 못한 한이 맺혀서 발작을 일으킨 겁니다. 짐승처럼, 환장해서.

유경자 (소리 지르며) 그래, 나 환장했다, 못해서. 뭘로 위로할 거야? 뭘로 보상할 거야? 내 청춘이 이렇게 지나갔단 말야.

명변호사 (침착하게) 재판장님! 이 여자의 본모습이 이렇습니다. 야수! 이것으로 증인 신문을 마치겠습니다.

오판사 좋습니다. 원고측 변호인 반대 신문은 다음 4차 공판에서 기회를 드리겠습니다. 다음 재판은 두 주일 후, 오후 두 시에 이 법정에서 다시 열겠습니다. 이것으로 원고 유경자가 일조만 그룹 총회장 강영수한테 낸, 성생활을 하지 못한데 대한 위자료 청구 소송 제3차 공판을 마칩니다. 땅! 땅! 땅!

이후 오 판사와 명 변호사, 유경자가 마임을 벌인다.
몇 차 공판이 지나가는 것을 알려주는 마임이다.
세 사람은 음악을 타고 춤추는 것처럼 마임을 한다.
이 마임은 뮤직 비디오처럼 액정 화면으로 처리할 수도 있다.
중간 중간에 오 판사는 망치를 두드린다.

음악은 단순하고 경쾌하다.

(가사)
어쩌면 우린 지나치게 굳어버렸는지도 몰라
세월이 가면 모든 것이 한꺼번에 이해될지도 몰라
아, 와드드드드 하늘이 조각나고
으, 다리로리야 땅이 뒤틀리더라도
사람이란 즐거워야해, 암 행복해야 하구말구
사람이란 단순한 것부터 만족해야 하구말구 암
이젠 저 멀리 내다보면서 우리

나날의 행복도 소중하게 여기고 살아
내가 있고 니가 있어 더불어 사는 세상
참 좋은 세상을 향해 빵야 빵야 빵야 빵야
어떤 문제가 있더라도 우리
해결점을 찾을 수 있다고 믿자
내가 있고 니가 있어 더불어 사는 세상
참 좋은 세상을 향해 빵야 빵야 빵야 빵야

음악도 멈추고 마임도 멈춘다.
명 변호사와 유경자는 긴장해서 오 판사만 뚫어지게 본다.
오 판사, 서서히 망치를 든다.

오판사　판결을 하겠습니다. 일조만의 강영수 총회장은 위자료를 줘야 합니다. 낮의 근로 때문에 부부생활에 위기가 온 점을 인정합니다. 돈은 일조를… 주라는 것은 아니고, 일조에서 9천 9백 9십 9억 6천 7백 8십만 원을 빼고 지급하기를 명합니다.

오 판사, 망치를 두드린다.
유경자, 이겼다 하면서 환호하는 모습에서 정지.
극이 끝난다.

한국 희곡 명작선 160

생과부 위자료 청구소송

초판 1쇄 인쇄일   2023년 11월 20일
초판 1쇄 발행일   2023년 11월 29일

지 은 이   엄인희
만 든 이   이정옥
만 든 곳   평민사
　　　　　　서울시 은평구 수색로 340 〈202호〉
　　　　　　전화 : 02) 375-8571 / 팩스 : 02) 375-8573
　　　　　　http://blog.naver.com/pyung1976
　　　　　　이메일 pyung1976@naver.com
등록번호   25100-2015-000102호
ISBN　　　 978-89-7115-131-0   04800
　　　　　　978-89-7115-663-6   (set)
정　　 가   7,500원

이 책은 사단법인 한국극작가협회가 한국문화예술위원회의 2023년 제6회 극작엑스포
지원금을 받아 출간하였습니다.

한국 희곡 명작선

01 윤대성 | 나의 아버지의 죽음
02 홍창수 | 오늘 나는 개를 낳았다
03 김수미 | 인생 오후 그리고 꿈
04 홍원기 | 전설의 달밤
05 김민정 | 하나코
06 이미정 | 여행자들의 문학수업
07 최세아 | 어른아이
08 최송림 | 에케호모
09 진 주 | 무지개섬 이야기
10 배봉기 | 사랑이 온다
11 최준호 | 기록의 흔적
12 박정기 | 뮤지컬 황금잎사귀
13 선욱현 | 허난설헌
14 안희철 | 아비, 규환
15 김정숙 | 심청전을 짓다
16 김나영 | 밥
17 설유진 | 9월
18 김성진 | 가족사(死)진
19 유진월 | 파리의 그 여자, 나혜석
20 박장렬 | 집을 떠나며 "나는 아직 사 랑을 모른다"
21 이우천 | 결혼기념일
22 최원종 | 마냥 씩씩한 로맨스
23 정범철 | 궁전의 여인들
24 국민성 | 조르바 빠들의 불편한 동거
25 이시원 | 녹차정원
26 백하룡 | 적산가옥
27 이해성 | 빨간시
28 양수근 | 오월의 석류

29 차근호 | 루시드 드림
30 노경식 | 두 영웅
31 노경식 | 세 친구
32 위기훈 | 밀실수업
33 윤대성 | 상처입은 청룡 백호 날다
34 김수미 | 애국자들의 수요모임
35 강제권 | 까페07
36 정상미 | 낙원상가
37 김정숙 | '숙영낭자전'을 읽다
38 김민정 | 아인슈타인의 별
39 정범철 | 불편한 너와의 사정거리
40 홍창수 | 메데아 네이처
41 최원종 | 청춘, 간다
42 박정기 | 완전한 사랑
43 국민성 | 롤로코스터
44 강 준 | 내 인생에 백태클
45 김성진 | 소년공작원
46 배진아 | 서울은 지금 맑음
47 이우천 | 청산리에서 광화문까지
48 차근호 | 조선제왕신위
49 임은정 | 김선생의 특약
50 오태영 | 그림자 재판
51 안희철 | 봉보부인
52 이대영 | 만만한 인생
53 박경희 | 트라이앵글
54 김영무 | 삼강주막에서
55 최기우 | 조선의 여자
56 윤한수 | 색소폰과 아코디언
57 이정운 | 덕만씨를 찾습니다

58 임창빈 | 왜 그래
59 최은옥 | 진통제와 저울
60 이강백 | 어둠상자
61 주수철 | 바람을 이기는 단 하나의 방법
62 김명주 | 달빛에 달은 없고
63 도완석 | 봄 여름 가을 그리고 겨울
64 유현규 | 칼치
65 최송림 | 도라산 아리랑
66 황은화 | 피아노
67 변영진 | 펜스 너머로 가을바람이 불기 시작해
68 양수근 | 표(表)
69 이지훈 | 나의 강변북로
70 장일홍 | 오케스트라의 꼬마 천사들
71 김수미 | 김유신(죽어서 왕이 된 이름)
72 김정숙 | 꽃가마
73 차근호 | 사랑의 기원
74 이미경 | 그게 아닌데
75 강제권 | 땀비엣, 보
75 정범철 | 시체들의 호흡법
77 김민정 | 짐승의 時間
78 윤정환 | 선물
79 강재림 | 마지막 디너쇼
80 김나영 | 소풍血전
81 최준호 | 핏빛, 그 찰나의 순간
82 신영선 | 욕망의 불가능한 대상
83 박주리 | 먼지 아기/꽃신, 그 길을 따라
84 강수성 | 동피랑
85 김도경 | 유튜버(U-Tuber)
86 한민규 | 무희, 무명이 되고자 했던 그녀
87 이희규 | 안개꽃/화(火), 화(花), 화(華)

88 안희철 | 데자뷰
89 김성진 | 이를 탐한 대가
90 홍창수 | 신라의 달밤
91 이정운 | 봄, 소풍
92 이지훈 | 머나 먼 벨몬트
93 황은화 | 내가 본 것
94 최송림 | 간사지
95 이대영 | 우리 집 식구들 나만 빼고 다 이상해
96 이우천 | 중첩
97 도완석 | 하늘 바람이어라
98 양수근 | 옆집여자
99 최기우 | 들꽃상여
100 위기훈 | 마음의 준비
101 노경식 | 봄꿈(春夢)
102 강추자 | 공녀 아실
103 김수미 | 타클라마칸
104 김태현 | 연선
105 김민정 | 목마, 숙녀 그리고 아포롱
106 이미경 | 맘모스 해동
107 강수성 | 짝
108 최송림 | 늦둥이
109 도완석 | 금계필담
110 김낙형 | 지상의 모든 밤들
111 최준호 | 인구론
112 정영욱 | 농담
113 이지훈 | 조카스타2016
114 안희철 | 만나지 못한 친구
115 김정숙 | 소녀
116 이상용 | 현해탄에 스러진 별
117 유현규 | 임신한 남자들
118 김성희 | 동행
119 강제권 | 없시요
120 최기우 | 정으래비
121 강재림 | 살암시난

122 장창호 | 보라색 소
123 정범철 | 밀정리스트
124 정재춘 | 미스 대디
125 윤정환 | 소
126 한민규 | 최후의 전사
127 김인경 | 염쟁이 유씨
128 양수근 | 나도 전설이다
129 차근호 | 암흑전설영웅전
130 정민찬 | 벚꽃피는 집
131 노경식 | 반민특위
132 박장렬 | 72시간
133 김태현 | 손은 행동한다
134 박정기 | 승평만세지곡
135 신영선 | 망각의 나라
136 이미경 | 마트료시카
137 윤한수 | 천년새
138 이정수 | 파운데이션
139 김영무 | 지하전철 안에서
140 이종락 | 시그널 블루
141 이상용 | 고모령에 벚꽃은 흩날리고
142 장일홍 | 이어도로 간 비바리
143 김병재 | 부장들
144 김나정 | 저마다의 천사
145 도완석 | 누파구려 갱위강국
146 박지선 | 달과 골짜기
147 최원석 | 빌미
148 박아롱 | 괴짜노인 하삼선
149 조원석 | 아버지가 사라졌다
150 최원종 | 두더지의 태양
151 마미성 | 벼랑 위의 가족
152 국민성 | 아지매 로맨스
153 송천영 | 산난기
154 김미정 | 시간을 묻다
155 한민규 | 사라져가는 잔상들
156 차범석 | 장미의 성
157 윤조병 | 모닥불 아침이슬
158 이근삼 | 어떤 노배우의 마지막 연기
159 박조열 | 오장군의 발톱
160 엄인희 | 생과부위자료청구소송